Per Sabina, che con tanto coraggio riempie di abbracci questo cactus.

Titolo originale: *Nobody Hugs a Cactus*
Copyright © Carter Goodrich 2019
Published by arrangement with Simon & Schuster Books for Young Readers
An imprint of Simon & Schuster Children's Publishing Division
1230 Avenue of the Americas, New York, NY 10020
A Paramount Company

© 2023 Cart'Armata edizioni Srl
via Calatafimi 10, 20122 Milano
Tel. 02-83.24.24.26
e-mail editore@terre.it
terre.it · acchiappastorie.it

Direzione editoriale: Miriam Giovanzana
Coordinamento editoriale: Antonella Carnicelli

Prima edizione italiana: giugno 2023
Stampato da Lego Spa, Vicenza

FSC
www.fsc.org
MISTO
Carta | A sostegno della
gestione forestale responsabile
FSC® C023419

TERRE DI MEZZO EDITORE

Nessuno abbraccia un cactus

Carter Goodrich

Traduzione di Sara Ragusa

Hank abitava in un vaso.

Il vaso stava sul davanzale di una finestra.

Quella finestra si affacciava sul deserto vuoto.

Era caldo e secco, tranquillo e silenzioso.

Proprio come piaceva a Hank.

Ma di quando in quando,
qualcuno interrompeva quella tranquillità e quel silenzio.

"Ciao Hank!" disse Rosie la Rotolacampo.
"Non è una giornata splendida?"

Hank la ignorò. Voleva essere lasciato in pace.

"Ok, alla prossima!" disse Rosie allegra, e rotolò via.

Hank era di nuovo felice.

Ma proprio quando stava cominciando a rilassarsi...

"Ciao!" gridò una tartaruga.

"Proprietà privata!" urlò Hank. "Stai alla larga!"
La tartaruga si spaventò così tanto che si nascose nel guscio.

Hank stava ancora gridando alla tartaruga
quando una lepre passò come un razzo.

"Ehilà, Spinosetto!" esclamò.

"Non mi chiamo Spinosetto!"
le gridò Hank.
"E stai fuori dal mio giardino!"

"Rotolacampo, tartarughe, lepri...
E adesso cos'altro succederà?" disse Hank.

Con lunghe falcate, si avvicinò un coyote.

"I cani non sono ammessi!" lo avvertì Hank.

"Non sono un cane", disse il coyote.
"E TU sei spinoso dentro come lo sei fuori."

Prima che Hank riuscisse a ribattere al coyote,
a grandi passi arrivò un cowboy.

"Non calpestarmi il prato!"

"Ma quale prato?" disse il cowboy.
"Mi sa che qualcuno ha bisogno
di un abbraccio. Peccato
che nessuno abbracci i cactus."

"Ciao!" disse una lucertola.

"E a te chi ti ha invitata?" disse Hank.
"Nel caso in cui te lo stessi chiedendo,
non voglio nessun abbraccio."

"Meglio così", disse la lucertola.
"Perché io non avevo affatto
intenzione di abbracciarti."

E filò via.

Un gufo si posò sul tetto.

"Se sei in cerca di un abbraccio", disse Hank,
"be'... credo che forse potrei dartene uno, se vuoi".

"Ma chi? Io?" disse il gufo. "Uh-uh! Stai scherzando?"
Per la prima volta, Hank si sentì un pochino solo.

La mattina dopo Hank, dentro di sé, era più triste che spinoso.

Forse un abbraccio non gli sarebbe dispiaciuto poi così tanto.

Si alzò il vento.

Un bicchiere di carta volò sulla faccia di Hank e restò lì incastrato.

Hank aveva le braccia troppo corte e non riusciva a toglierlo.

"Perfetto", disse.

Dopo un po' passò Rosie rimbalzando.

"Te lo tolgo io, Hank!" urlò saltando
per staccargli il bicchiere dalla faccia.
E rotolò via.

Hank non ebbe il tempo di ringraziarla.
Si dispiacque per tutte le volte che era stato antipatico con lei.

Allora studiò un piano.

Decise di far sbocciare il fiore più bello che poteva,
per poi darlo a Rosie come regalo di ringraziamento.

Gli ci vollero dei giorni, ma alla fine era pronto.
Non vedeva l'ora che Rosie passasse di nuovo.

Quando lei ricomparve rimbalzando,
Hank le porse il fiore.

"Guarda Rosie!" disse.
"L'ho fatto sbocciare apposta per te!"

Rosie era così stupita che saltò
a dare un grande abbraccio a Hank.

Era talmente piacevole che Hank
non voleva più lasciarla andare.
In effetti poi si accorse che, anche volendo, non poteva.
Rosie e Hank si erano incastrati.

Ma non aveva importanza.

Alla fine restare incastrati in un abbraccio non è poi così male.